VENTE DU JEUDI 24 NOVEMBRE 1887

HOTEL DROUOT, SALLE N° 5

Après Décès de M. Antoine FOURNIER

PORCELAINES

BRONZES ET MEUBLES

CURIOSITÉS

EXPOSITION PUBLIQUE

LE MERCREDI 23 NOVEMBRE 1887

DE UNE HEURE A CINQ HEURES

Me PAUL CHEVALLIER	M. CHARLES MANNHEIM
COMMISSAIRE-PRISEUR	EXPERT
10, rue Grange-Batelière, 10	7, rue Saint-Georges, 7.

HOMO
ADDITVS
NATVRÆ
IMPRIMERIE DE L'ART

CATALOGUE

DES

PORCELAINES

De Sèvres, de Saxe, de Chine, etc.

BIJOUX, PETITS ÉMAUX, ARGENTERIE

SCULPTURES EN TERRE CUITE

Marbre, Bois, etc.

BRONZES D'ART ET D'AMEUBLEMENT

Belle Pendule, œil-de-bœuf, de l'époque Louis XIV

Pendules, Candélabres et Flambeaux Louis XVI
Lustre et Pendules du premier Empire

Beau tapis d'Orient brodé en argent

MEUBLES

Grandes Vitrines en fer, Bibliothèques en bois noir
Lit du Directoire, etc.

GOUACHES, TABLEAUX, GRAVURES

DONT LA VENTE AURA LIEU

Après décès de M. ANTOINE FOURNIER

HOTEL DROUOT, SALLE N° 5

Le Jeudi 24 Novembre 1887, à 2 heures

M° PAUL CHEVALLIER	M. CHARLES MANNHEIM
COMMISSAIRE-PRISEUR	EXPERT
10, rue de la Grange - Batelière, 10	7, rue Saint-Georges, 7

EXPOSITION PUBLIQUE

Le Mercredi 23 Novembre 1887, de 1 h. à 5 h.

CONDITIONS DE LA VENTE

Elle sera faite au comptant.

Les acquéreurs paieront, en sus des adjudications, *cinq pour cent* applicables aux frais.

L'exposition mettant le public à même de se rendre compte de l'état des objets, il ne sera admis aucune réclamation une fois l'adjudication prononcée.

Paris. — Imp. de l'Art, 41, rue de la Victoire.

DÉSIGNATION DES OBJETS

PORCELAINES DE SÈVRES

DE SAXE ET AUTRES

1 — Deux grands vases ovoïdes, en porcelaine de
Sèvres, pâte tendre, de la fin du xviii° siècle,
fond gros bleu, médaillons à figures mytholo-
giques, filets et ornements en dorure. Le col des
vases, réservé en blanc, est décoré d'un feston
de pampres ; anses têtes de boucs et plinthes en
bronze doré.

2 — Quatre pièces : sucrier couvert, pot à crème,
tasse et soucoupe d'ancienne porcelaine de Sèvres, pâte tendre, décor à bandes obliques, vert
et gros bleu, alternées, avec rehauts d'or.

3 — Tasse droite et soucoupe de vieux Sèvres,
pâte tendre, d'un joli décor : attributs de l'Amour,
guirlandes et insectes.

4 — Plat ovale en porcelaine tendre de Tournay à

grand médaillon, sujet militaire, avec encadrement en dorure et bordure gros bleu.

5 — Deux assiettes en vieux Sèvres, pâte tendre ; au centre, un petit bouquet ; au marli, un treillis en dorure relevé d'émail bleu et interrompu par quatre réserves à fleurs.

6 — Assiette en vieux Sèvres, pâte tendre ; au fond, une perruche ; au marli, des œils de perdrix pointillés en bleu sur fond vert.

7 — Tasse trembleuse et soucoupe en porcelaine tendre, anglaise (?), à médaillons d'oiseaux, encadrements en dorure et fond jaune citron.

8 — Tasse droite et soucoupe en vieux Sèvres, pâte tendre, à semis de bluets et bordure à ruban bleu et galons jaunes.

9 — Deux assiettes en ancienne porcelaine de Chantilly, pâte tendre, à marli gaufré en vannerie et fond décoré de figures d'amours en camaïeu gris-bleu.

10 — Tasse arrondie et soucoupe en porcelaine anglaise à décor de fruits et bordure d'imbrications roses, genre Saxe.

11 — Plaquette ronde en biscuit de Sèvres, genre Wedgwood : nymphe et amour.

12 — Tasse arrondie et soucoupe en porcelaine, pâte tendre, à décor de festons de feuilles, en émaux de couleur en relief et en dorure.

13 — Tasse trembleuse avec présentoir en porcelaine de Vienne à filets bleus, fleurettes et dents
de loup en dorure.

14 — Tasse arrondie et une soucoupe en porcelaine
de Saxe, décorées de sujets champêtres.

15 — Boîte trilobée, couverte, en porcelaine tendre,
décorée de vues de ports de mer.

16 — Tasse arrondie en porcelaine tendre à bandes
obliques alternées, fond vert à rehauts d'or et
fond blanc à bouquets.

17 — Soucoupe vieux Sèvres, pâte tendre, médaillon d'oiseaux et bordure gros bleu avec encadrements en dorure.

18 — Tasse droite et soucoupe en vieux Saxe, à
décor d'oiseaux et bordure d'imbrications roses.

19 — Cabaret d'ancienne porcelaine de Saxe, modèle à pans alternativement fond blanc à décor
d'ustensiles dans le goût chinois et fond rouge
à arabesques en réserve. Il se compose de :
un bol, une cafetière, une théière, un flacon à
thé, un pot à crème, cinq tasses et sept soucoupes octogones.

20 — Petit vase de forme Louis XV, en Saxe, à
fleurs et rocailles en relief relevées d'or.

21 — Figurine en porcelaine décorée : le Marchand
de coco.

22 — Tasse en vieux Saxe, gaufrée en vannerie et décorée de fleurs, et un présentoir à galerie en même porcelaine.

23 — Tasse en Vienne et un présentoir à galerie, en Saxe.

24 — Un plat, deux assiettes et deux compotiers en Saxe ; marli gaufré en vannerie ; décor à fleurs, chimères et oiseaux dans le goût chinois.

25 — Quatre assiettes et un compotier en Saxe, à décor dans le goût chinois.

26 — Deux assiettes, même porcelaine, à fleurs et papillons.

27 — Lot de fleurs en porcelaine.

28 — Deux vases émaillés gros bleu et à médaillons non décorés.

29 — Plusieurs tasses et soucoupes dépareillées en Sèvres, pâte tendre, variées de décor.

PORCELAINES DE CHINE

30 — Vase rouleau d'ancienne porcelaine de Chine, décoré d'un sujet familier en émaux de la famille verte. Le fond a été surdécoré en laque noir.

31 — Deux grands cornets à renflement médian, en ancienne porcelaine de Chine, décorés en

bleu de nombreux compartiments : figures, vases de fleurs, arbustes, etc.

32 — Vingt-deux plats et assiettes décorés en bleu; au fond, des femmes et des enfants sous une charmille; au bord, des réserves à papillons, fleurs et fruits.

33 — Deux assiettes en vieux Chine, décor en émaux roses et dorure, à pivoine au centre et réserves à fleurs sur les bords.

34 — Deux assiettes à sujets familiers, avec réserves à bouquets en émail bleu, sur le marli.

35 — Sucrier, sans couvercle, fond capucin et réserves à fleurs.

36 — Jardinière ronde décorée en bleu : Musiciennes sur une terrasse.

37 — Deux assiettes en Chine, décorées en émaux de la famille rose; au fond, un sujet familial à quatre figures; au marli, quatre réserves à fleurs sur fond rose à carrelage.

38 — Deux assiettes, ancienne porcelaine de l'Inde, à bord contourné, décorées en émaux de couleur; au centre, un cartel à armoiries; au marli, des coquillages.

39 — Deux belles assiettes en ancienne porcelaine de Chine, décorées en émaux de la famille verte; au fond, deux femmes dans un paysage; à la

chute et au marli, triple bordure à dessin mosaïque et réserves à paysages.

40-41 — Quatre assiettes en vieux Chine; au fond, deux femmes dans un paysage; au marli, trois branches de fleurs.

42 — Assiette à bord festonné, vieux Chine, décor à buisson fleuri en émaux de la famille verte.

43 — Assiette à pivoines en émaux roses.

44 — Compotier en porcelaine gaufrée et surdécorée d'un sujet galant composé de trois figures en costumes européens.

45 — Assiette de l'Inde à bouquet et guirlandes.

46 — Deux assiettes octogonales; au fond, sujet familier, femme et enfants; au marli, huit réserves à fleurs sur fond lie de vin.

47 — Six tasses sans anse et six soucoupes en porcelaine de Chine, à décor de fleurs en rouge de fer dans des compartiments radiés, à fond vert et fond jaune.

48 — Deux petits pots à couvercles ajourés, avec fleurettes en relief et décor à fleurs rehaussé d'or.

49 — Cinq tasses et cinq soucoupes, réserves à paysages, fond carmin.

50 — Trois assiettes et cinq soucoupes en Japon, décorées en bleu.

51 — Plusieurs lots de tasses, soucoupes, petites pièces variées de décor en porcelaine de Chine.

BIJOUX, ORFÈVRERIE

52 — Carnet porte-miniature de l'époque Louis XVI en maroquin rouge, garni de grecques et de filets en or rapportés et portant le mot « Souvenir », enrichi de petites roses.

53 — Médaillon en or à bordure ajourée.

54 — Deux pendants d'oreilles en or.

55 — Joli émail Louis XVI, représentant une jeune femme blonde, la gorge à découvert ; il est cerclé d'or et monté dans un cadre d'argent à ruban enrichi de stras et formant broche.

56 — Joli émail de forme ovale, représentant une bacchanale d'enfants ; cadre en bronze.

57 — Très petit émail : ovale, portrait de femme, poudrée, époque Louis XV ; cadre en or.

58 — Petite boîte ovale en argent doré et à fonds de nacre.

59 — Petite gouache ovale : Vue du Panthéon.

60 — Deux salières ovales en argent, en forme de corbeilles d'osier.

61 — Deux salières rondes de l'Empire, sur trois pieds à mascarons.

62 — Moutardier Louis XVI en argent estampé, à figures d'amours et guirlandes.

63 — Tasse et soucoupe en argent gravé.

64 — Plateau long à deux anses, en plaqué, garniture en argent.

65 — Plat long à moulures, de style Louis XV, en cuivre argenté.

SCULPTURES

66 — TERRE CUITE, attribuée à *Marin* : Jolie statuette de Vestale, debout contre un autel, couronnée de roses et portant une corbeille de fleurs.

67 — TERRE CUITE. Deux statues, peintes et dorées : Chinois et Chinoise assis sur des coussins et tenant des corbeilles ; ces deux figures, grandeur nature, qui datent du siècle dernier, décoraient autrefois le balcon des Bains chinois, établis boulevard des Italiens.

68 — TERRE CUITE. Deux bas-reliefs de forme ronde : Ariane et Léda, l'un signé : *Fortin 1815*.

69 — TERRE CUITE. Grand vase Louis XVI, de forme ovoïde, à anses têtes de faunes et culot feuillagé.

70 — Terre cuite. Deux statuettes : le Vendan-
geur et le Moissonneur, signées : *Halou.*

71 — Bois sculpté et peint en blanc. Deux con-
soles-appliques, du temps de Louis XVI, à
guirlandes de laurier, feuillages, volutes et
draperies.

72 — Vase à couvercle, en marbre vert antique.

73 — Deux socles cylindriques en marbre rouge,
veiné de blanc.

74 — Deux vases ovoïdes et à couvercles, en
marbre gris, décorés au culot de godrons
obliques.

75 — Manche d'ombrelle en ivoire sculpté. Travail
chinois.

76 — Deux supports en bois noir sculpté, formés
de griffons assis, portant sur la tête des tablettes
de marbre griotte.

BRONZES D'ART ET D'AMEUBLEMENT

77 — Belle pendule du temps de Louis XIV, en
forme d'œil-de-bœuf, en bronze ciselé, avec
large cadran à cartouches émaillés, surmonté
d'un mascaron. Les côtés sont ornés d'appliques
ciselées, et repercées à jour, et elle est termi-
née à sa partie supérieure par une figure
d'Amour assis. — Haut. : 0^m,55.

78 — Deux grands flambeaux du temps de
Louis XIV, en bronze ciselé, à tige carrée et
cannelée, garnie de petites consoles reposant
sur un pied large à palmettes et rinceaux ciselés,
enrichi de quatre mufles de lion rapportés. —
Haut. : 0^m,29.

79 — Deux candélabres du temps de Louis XVI à
trois lumières, en bronze doré, supportées par
des figurines d'enfants satyres en bronze vert,
élevés sur socles de marbre blanc.

80 — Deux jolis flambeaux du Directoire, en bronze
ciselé, à tige balustre en bronze vert, garnie de
mascarons, draperies et feuilles.

81 — Deux flambeaux de style Louis XVI, trépied
à consoles surmontées de têtes de femmes.

82 — Pendule en bronze de l'Empire, à figure
d'Hébé.

83 — Deux flambeaux du temps de Louis XVI, formés chacun d'une figurine d'enfant dansant, en
bronze doré, et tenant la tige de la douille qui
est en argent. Ces enfants sont placés sur des
socles de marbre blanc avec plinthes et garni-
tures en argent.

84 — Pendule Louis XVI, en bronze doré et en
marbre blanc, à figure de jeune fille et de Cupi-
don caressant un chien.

85 — Pendule de la fin du xviiie siècle en bronze

doré, borne carrée surmontée d'un petit faune frappant des cymbales.

86 — Deux girandoles à trois branches en cuivre argenté. Style Louis XIV.

87 — Deux groupes en bronze à destination de candélabres : naïades et enfants satyres.

88 — Deux socles Louis XV en bronze doré.

89 — Deux socles Louis XVI.

90 — Montures Louis XIV, pour seaux.

91 — Pendule Empire en bronze ciselé et doré au mat, en forme de console recouverte d'un tapis, surmontée d'un enfant Bacchus et placée entre deux brûle-parfums, sur un socle oblong décoré d'un bas-relief.

92 — Pendule Empire, à figure de guerrier.

93 — Lanterne de suspension en cuivre ajouré. Style oriental.

94 — Lustre de l'Empire à neuf lumières, en bronze vert et bronze doré, décoré de trois statuettes de femmes tenant des guirlandes.

95 — Petit cartel en bronze ciselé et doré, modèle à guirlandes de laurier, surmonté d'un brûle-parfums.

96 — Chope en métal blanc, à ornementation dans le style de **Briot**.

97 — Deux bustes d'enfants, d'après François Flamand, en bronze à patine brune.

98 — Deux statuettes de bronze : Mercure et Apollon, sur socles en marbre blanc.

99 — Deux presse-papier-moutons en bronze, sur socles en marbre blanc.

100 — Deux pièces : éléphant et tortue formant boîte.

MEUBLES

101 — Lit du Directoire, en bois sculpté à crosses, colonnes détachées et frises découpées à jour.

102 — Deux bibliothèques, l'une en ébène, l'autre en bois noir, incrustées de filets de cuivre.

103 — Chaise longue Louis XV en bois sculpté, blanc et or, et couverte en damas jaune.

104 — Miroir Louis XIII à cadre de bois noir à ornements guillochés.

105 — Guéridon en bois noir sculpté, dessus en marqueterie de bois.

106 — Deux escabeaux en bois sculpté et noirci, sièges et dossiers en marqueterie de bois.

107 — Deux chaises, un fauteuil et un tabouret Louis XV, couverts en reps rouge.

108 — Deux grandes vitrines à glaces et monture à cage en fer avec fermeture à crémone.

109 — Petit billard en palissandre, appareil d'éclairage à gaz, queues et accessoires.

BRODERIE

110 — Beau et ancien tapis d'Orient d'un riche décor à bouquets en broderie d'or, d'argent et de soie de couleurs, sur satin ponceau.

GOUACHES, TABLEAUX, GRAVURES

111 — **Chancourtois** (**L.**). Paysage grec, avec obélisque sur un rocher. Grande gouache.

112 — **Freudeberg** (Genre de). La Famille du fermier. Aquarelle.

113 — **Panini.** Architecture et figures. Deux pendants. Gouaches.

114 — **Robert** (Manière de **H.**). Deux grandes gouaches, en hauteur, représentant des palais en ruines.

115 — **École française.** Deux anciennes vues de Paris prises à vol d'oiseau ; l'une représente les Champs-Élysées et la place de la Concorde, l'autre le palais de la Bourse. Gouaches.

116 — **École moderne.** Deux aquarelles : Incroyable et Danseuse égyptienne.

117 — **École flamande.** Paysage et figures. Tableau dans un cadre noir.

118 — **École française.** Portrait de Louis XV enfant. Peinture à l'huile.

119 — Cadre ovale ancien en bois sculpté et doré, à festons de feuilles et coquilles.

120 — Deux gravures encadrées : Familiarité dangereuse et les Douceurs de l'été.

121 — Plusieurs tableaux, aquarelles, gravures, sous ce numéro.